PAPIER
FRESSERCHEN
MTM-VERLAG
DIE BÜCHER MIT DEM DRACHEN

Dieses Buch ist gewidmet

....

Die Melodie zum Glück

Glück ist eine haltende Hand in deinem Leben

Rita Schmitz

Es waren einmal neun Kinder, die sich im Hause ihres Vaters versammelt hatten, nachdem dieser von ihnen gegangen war. Heute sollte das alte Häuschen geräumt werden, da es an den Nachbarn verkauft worden war.

Die älteste Tochter Maria sagte zu ihren Geschwistern, dass ein jeder kundtun solle, was er oder sie vom Hausstand behalten wolle. Alle schauten sie erstaunt und fragend an.

Ihr Bruder Hans antwortete spontan: „Tut mir leid, aber du glaubst doch nicht, dass irgendwer was von diesem Gerümpel will, oder?" Er schaute in die Runde, in der allseits ein Kopfschütteln zu sehen war. „Siehst du", sprach Hans weiter, „lass uns den Holzkarren holen, dann haben wir die Arbeit schnell erledigt."

Er stand bereits auf, als sein jüngster Bruder Berno vorsichtig aufschaute, sich räusperte und mit leiser Stimme sagte: „I...ich ..." Er räusperte sich erneut. „Also, ich hätte einen Wunsch." Alle Augenpaare waren verblüfft auf ihn gerichtet.

Niemals hatte Berno in den vergangenen Jahren freiwillig das Wort ergriffen, geschweige denn eine Meinung vertreten oder gar einen Wunsch geäußert. Er war einfach nur im Schatten seiner Geschwister mitgelaufen. Der kleine, schüchterne Berno, den alle für ein wenig zurückgeblieben hielten.

„Ja, Berno, was möchtest du denn gerne von Papas Sachen haben?" Maria zeigte im Raum herum. „Das Radio oder den etwas wackligen Schaukelstuhl?"

Berno schüttelte energisch den Kopf.

Daher fuhr Maria fort: „Sag es uns. Die Bücher oder Papas Fahrrad? Berno, du weißt doch, dass all die Sachen nicht mehr richtig funktionieren, sonst könnten wir sie ja noch verkaufen, so aber leider nur entsorgen."
Wieder schüttelte Berno sein Haupt. „Die Flöte!", sagte er dann bestimmt. Wobei seine Worte bereits im schallenden Gelächter seiner Geschwister untergingen.

„Das olle Ding?", spottete Ferdi. „Aus der kam doch nie ein richtiger Ton."
Und Jella meinte: „Wenn Papa die an den Mund gesetzt hat, bin ich immer schnell raus in den Garten, denn das Katzengejammer konnte doch keiner ertragen!"
Lena schaute die anderen an. „Nun, wenn keiner die Flöte mag, soll Berno sie haben, oder? Wo aber mag das olle Ding wohl stecken?" Sie schaute sich suchend um.
„Egal", antwortete nun Randolf. „Sie steckt wohl in der alten Schachtel und beim Räumen fällt sie uns sicherlich in die Hände." Er grinste frech und schaute Berno mitleidig an. „Dann gehört sie dir, versprochen!", sagte er gönnerhaft.
Berno strahlte. „Danke, Dankeschön!"

Die Geschwister erhoben sich und beschlossen, sich in zwei Tagen erneut hier zu treffen, um gemeinsam das Haus zu räumen.

Und so geschah es.

Schließlich fanden die Schwestern und Brüder beim Ausräumen des Schlafzimmers ihrer Eltern in der untersten Schublade der Kommode den alten Karton, in dem sich die Flöte befand. Diesen überreichten sie, wie versprochen, ihrem jüngsten Bruder.

Berno strahlte, als er das Geschenk entgegennahm, und drückte die Schachtel dankbar an seine Brust. Nach getaner Arbeit nahm er sie mit in sein bescheidenes Zuhause. Hier packte er die Flöte aus und reinigte das Gehäuse ganz vorsichtig mit einem weichen Tuch. Anschließend legte er das Instrument auf sein Regal in der guten Stube, sodass er es immer sehen konnte.

Die Zeit schritt voran und Berno ging seinem Tagwerk nach wie all die Jahre zuvor, seitdem er aus der Schule entlassen worden war. Er war Gärtner und liebte seinen Beruf, denn er war gerne in der Natur. Manchmal, wenn er glaubte, er wäre alleine, sprach er mit den Blumen oder auch mit den Tieren. Und wenn ein Vogel über ihm in der Luft zwitscherte, dachte Berno, er gebe ihm Antwort.

Heute war wieder so ein Tag und Berno hatte seine Flöte dabei. Warum? Das wusste er selbst nicht so genau.

In der Pause hockte er im Park der Gärtnerei, nahm sein Instrument zärtlich in die Hand, setzte es an die Lippen und blies hinein. Ein grausames Quietschen war zu vernehmen. Die Vögel in den Hecken und Bäumen um ihn herum flogen auf und schimpften furchtbar dabei. Nun war Berno ganz alleine dort auf der Wiese. Er schüttelte den Kopf und packte das Instrument wieder ein. „Ein anderes Mal klappt es bestimmt", dachte er.

Als dieses andere Mal kam, waren die entlockten Töne wieder so schief, dass eine Frau, die gerade durch den Park wanderte, laut mit Berno zu schimpfen begann. Er packte seine Habe schnell zusammen und machte sich wortlos aus dem Staub.

Von nun an probierte Berno sein Musikinstrument nur noch zu Hause aus. Jedoch gelang ihm kein normaler Ton, bis eines Tages Lisa vom Nachbarhof an seine Haustür klopfte. Berno öffnete ihr zaghaft.

Lisa strahlte ihn an und fragte: „Berno, was war das eben für ein seltsames Geräusch?" Berno zuckte mit den Schultern und wich gleichzeitig ein paar Schritte zurück. Das Nachbarsmädchen folgte ihm, bis sie beide stumm in der guten Stube standen. Lisa, die noch nie hier gewesen war, schaute sich neugierig um. Als sie die alte Flöte entdeckte, griff sie danach.

Spontan schnellte Bernos Hand nach vorne und berührte in dem Moment Lisas Finger, als diese nach der Flöte griffen. Beide zuckten zusammen und zogen ihre Hände ruckartig zurück, da ein gewaltiger Stromstoß sie durchfuhr, als ob sie sich verbrannt hätten. Dabei fiel die Flöte auf den Boden. Lisa und Berno schauten sich stumm an, ehe er sich seinem Instrument zuwandte, es behutsam aufhob und von allen Seiten betrachtete. „Gott sei Dank – sie ist heil!", kam es über seine Lippen.
Lisa schaute ihn besorgt an. „Entschuldigung, das wollte ich nicht."
„Schon gut, fass sie nur nie wieder an!", antwortete Berno hart und drehte sich von ihr weg.

Sie aber blieb standhaft in der Stube stehen und begann, sanft auf ihn einzureden. „Also war es diese Flöte, die ich vorhin gehört habe, und du, Berno, hast sie gespielt." Sie schaute ihn an, er aber sagte nichts. Daher sprach sie weiter: „Es klang schon ganz gut, finde ich."
„Sei still!" Berno wurde zornig. „Was redest du da oder hast du was an den Ohren? Wir beide wissen, dass es nur ein Quietschen war, sonst nichts!"

Lisa hatte genug von diesem ungehobelten Kerl. Sie drehte sich um und verließ schweigend das Haus. Berno jedoch blieb nachdenklich zurück.

Er fühlte sich sehr unwohl. Irgendetwas stimmte nicht. Er war wütend auf sich selbst und natürlich auf Lisa. Aber da war noch etwas anderes, eine Traurigkeit tief in ihm drin. In diese Traurigkeit versunken, streichelte er über seinen Schatz, seine Flöte – vielmehr die Flöte seines Vaters.

Und wieder einmal zogen die Bilder der Erinnerung durch seinen Kopf. Bilder seines Vaters aus glücklichen Tagen. Es waren Erinnerungen an besondere Momente, Geburtstage, so manches Weihnachtsfest, die Hochzeiten der Geschwister und natürlich viele besondere Momente mit seinen Eltern. Und in diesen Bildern sah Berno stets die Flöte in seines Vaters Hand. Und er hörte immer wieder diese schöne, seltsame Melodie. Genau aus diesem Grunde hatte er die Flöte mitgenommen. Er wollte die Erinnerung an glückliche Zeiten festhalten – in seinem Herzen!

Warum nur, so dachte er, konnten sich all seine Geschwister nicht daran erinnern? Hatten sie diese Momente und die wundervolle Melodie einfach vergessen?

Einige Tage verstrichen, ehe Berno wieder einmal das Blasinstrument in die Hand nahm. Er packte es in seinen Rucksack und ging in den Wald, um es erneut zu spielen. Denn hier hatte er seine Ruhe.

Bedächtig setzte er sich auf einen Stein und nahm die Flöte aus dem Gepäck. Sanft streichelte er sie und führte sie zum Mund. Berno blies hinein und ... der Ton, wenn man ihn denn als Ton bezeichnen konnte, war irgendwie anders. Er klang nicht mehr so fremd, war jedoch immer noch kein richtiger Ton. Er probierte es erneut. Wieder und immer wieder. Wie lange er so dagesessen hatte, konnte er nicht sagen, als plötzlich Lisa wie aus dem Nichts vor ihm stand.

Berno schreckte zusammen, als sie ihn ansprach, so sehr war er in sein Tun und in seine Gedanken versunken. Er wirkte zornig, als er sie ansah. „Was machst du hier? Nirgendwo hat man seine Ruhe!", sagte er hart. Erschrocken über seine eigenen Worte, wandte er sich seiner Flöte zu und verstaute sie in seinem Rucksack, als Lisa ihn anlächelte und sagte: „Du, Berno, das war schön, sehr schön sogar. Deine Musik, meine ich. Bald wirst du sicherlich wunderschöne Weisen spielen."

Berno drehte sich verdutzt um, und während er einen Schritt auf sie zuging, stolperte er und fiel Lisa in die Arme. Und genau in diesem Augenblick, als sie gemeinsam ins grüne Moos sanken, fuhr erneut ein Blitz durch sie hindurch.

Erst einmal rührten sie sich nicht, dann aber rappelten sie sich hoch, wischten sich das Moos von den Kleidern und schauten einander an. Lisa begann zu lächeln. Sie fragte: „Darf ich?", und zupfte behutsam ein paar Moosflechten aus Bernos dichtem Haar. Dieser war wie erstarrt. Er wusste nicht, wie er sich verhalten sollte. Daher übernahm Lisa erneut das Sprechen.

„Komm, Berno, wir setzen uns hierhin und vielleicht darf ich deine zauberhafte Flöte einmal halten. Denn ich finde sie einfach wunderschön." Sie schaute ihn an und sprach weiter: „Du, ich glaube, mich zu erinnern, dass es in meiner Kindheit jemanden gab, der eine solche Flöte beherrschte, und meine Großmutter erzählte mir immer wieder die alte Geschichte, dass es irgendwo hier in der Gegend eine Zauberflöte gäbe, die ihrem Besitzer Glück bringe."

Berno schaute Lisa fragend an. Nachdem er sich zu ihr auf den Baumstumpf gehockt hatte, entgegnete er: „Meine Flöte ist nur eine alte Erinnerung, mehr nicht. Jedoch würde ich gerne darauf spielen können."
„Darf ich sie sehen?" Lisa schaute ihn sehnsüchtig an.

Berno nahm das Instrument wieder aus seinem Rucksack und legte es Lisa vorsichtig in die Hände. Diese betrachtete die alte Flöte lange und von allen Seiten, ehe sie sie ihm zurückgab und sagte: „Magst du für mich noch mal spielen?" Berno stutzte. „Ich kann es nicht sehr gut", erwiderte er. Ihrem aufmunternden Blick folgend, setzte er die Flöte jedoch an die Lippen und es geschah etwas Wundersames.

Dem kleinen Instrument entströmten angenehme, klangvolle Töne. Beide saßen nebeneinander, während Lisa der Tonfolge lauschte, die auf wunderbare Weise eine schöne Melodie ergab. Genau die Melodie, die sie aus ihrer Kindheit kannte. Und nicht nur sie war verzaubert. Berno hielt inne – und schaute sie an. „Genau diese Melodie hat mein Vater immer gespielt", sagte er mit einem sehnsuchtsvollen Blick. Wie durch einen Zauber waren die beiden jungen Menschen von der Melodie und ihren Erinnerungen an glückliche Momente gefangen.

Eine Weile verharrten sie noch dort auf der Waldlichtung. Ehe sie sich an den Händen fassten und gemeinsam zurück ins Dorf gingen.

Seit diesem Tag waren Lisa und Berno unzertrennlich.
Ein zartes Band der Liebe umgab sie.
Keiner konnte es sich vorstellen, aber es passte wunderbar.
Voller Zuversicht planten sie ihre gemeinsame Zukunft und später hörte man
immer wieder die alte Melodie in ihrem Heim erklingen.

Ja, es war ein Zauber, der diese beiden Menschen zusammengeführt und sie in
ihrem Wesen verändert hatte – sie waren zu offenen, fröhlichen und wunderba-
ren Geschöpfen geworden, die ihr persönliches Glück gefunden hatten.

War es nun die alte Flöte gewesen, die Melodie oder die Erkenntnis, gemeinsam ein wundervolles Leben teilen zu wollen?

In jedem Fall war die Weissagung von Lisas Großmutter in Erfüllung gegangen. Die alte Flöte hatte ihrem Besitzer Glück ins Haus gebracht.

Denn Glück ist das wunderbare Gefühl, die schönen Augenblicke des Lebens mit dem liebsten Menschen zu teilen. Möget auch ihr viele besondere und schöne Augenblicke genießen und teilen!

Es war einmal in einem fernen Land, in dem die Sonne zwar schien, aber dennoch nicht so viel Kraft hatte, um die Erde derart zu erwärmen, dass das ewige Eis schmolz – man nannte es auch das Land der Eismenschen oder Whiteluck (weißes Glück).

Ob die Menschen hier wirklich glücklicher waren. Dies lag wohl in der Hand eines jeden Einzelnen. So wie es auch in unserer Hand liegt, glücklich zu werden!

In Whiteluck lebte eine kleine Familie.
Die Eheleute hatten vor nicht allzu langer Zeit ihr erstes Kind, einen kleinen Jungen, geboren. Und weil sie beide sich so über ihr Glück, ein Kind zu haben, freuten, nannten sie es Joy (was so viel wie „Freude" bedeutet).

Joy war ein aufgewecktes Kerlchen und machte seinem Namen alle Ehre. Denn mit seinem spitzbübischen Lachen und seinen freundlichen Gesten verstand er es, alle Menschen für sich zu gewinnen und ihnen Freude zu schenken.

So wuchs Joy mit den Jahren zu einem hübschen, hilfsbereiten Knaben heran ...

So beginnt das zweite Märchen von Rita Schmitz, das den Titel trägt **„Die Magie zum Glück"**, das von zwei Menschen und der großen Liebe erzählt.

ISBN: 978-3-96074-120-6 - Hardcover
ISBN: 978-3-96074-121-3 - Taschenbuch

Viel Glück!

Rita Schmitz

Jahrgang 1969

Seit vielen Jahren ist sie als Standesbeamtin tätig und darf mit vielen Paaren den besonderen Moment der Liebe teilen.

Im Jahre 2019 ist sie mit ihrer Leidenschaft im Auftrag der Liebe in die Selbständigkeit gegangen und ermöglicht nun allen Paaren als freie Traurednerin in ihrem Unternehmen „Trauung ins Glück" ihr ganz individuelles Fest. Egal ob es die erste Hochzeit ist oder aber eine Erneuerung des Versprechens nach Jahren. Es soll stets perfekt zu den Wünschen des Paares passen – fröhlich, festlich, kreativ und mit vielen Emotionen.

Da Rita Schmitz immer mit dem Herzen und mit Gefühlen unterwegs ist, sind nun die ersten beiden „Erzählungen für die Liebe" entstanden.

Weiterhin findet man unter ihrem Geburtsnamen Rita Mintgen verschiedene Kinderbücher, die seit 2011 erschienen sind und die sie gerne in Schulen dem jungen Publikum vorstellt.

Trauung ins Glück

Rita Schmitz

Trauunung ins Glück – Freie Trauung

Gänsehalsstraße 29 – 56745 Bell

www.trauung-ins-glueck.de

kontakt@trauung-ins-glueck.de

Rita Mintgen
Das Geheimnis im Laacher Tal

ISBN: 978-3-86196-723-1
Hardcover, 68 Seiten, farbig illustriert

Man erzählte sich, dass der Zwergenkönig vor vielen Jahren einen Bann über das Laacher Tal legte. Die drei Brüder Bärtl, Wurzel und Naseweis leben in diesem Tal und gehen täglich in den roten Berg zur Arbeit.

Bald jedoch erleben sie Seltsames. Ob diese Geschehnisse in Zusammenhang mit dem alten Geheimnis stehen?

Und ob unsere drei Brüder das Geheimnis lösen können?

**Rita Mintgen + Karsten Mohr
Jo und die Unbezähmbaren**

ISBN: 978-3-86196-869-6
Taschenbuch, 94 Seiten, illustriert

Wieder einmal steht für Jo ein Schulwechsel an.
Wieder einmal ist er der Neue!

Jo, der nach einem Unfall im Rollstuhl sitzt, stehen erneut viele Herausforderungen bevor. Ob er in der neuen Klasse Freude findet? Welche Hindernisse stellen sich ihm dieses Mal im Alltag? Und wie verläuft das Schuljahr? Denn es gibt da noch die Gang „Die Unbezähmbaren" – und die Jungs spielen Jo ziemlich übel mit!

Ein jeder Mensch ist etwas Besonderes, das sollte nie vergessen werden ... und genau davon erzählt diese wundervolle Geschichte.

Impressum:

Besuchen Sie uns im Internet:
www.papierfresserchen.de

© 2020 – Papierfresserchens MTM-Verlag GbR
Mühlstraße 10, 88085 Langenargen
info@papierfresserchen.de
Alle Rechte vorbehalten.
Erstauflage 2020

Lektorat: Melanie Wittmann – www.bona-verba.de
Buchsatz: CAT creativ - www.cat-creativ.at

Illustrationen und Cover: Nadine Arif
Gedruckt in Polen

ISBN: 978-3-96074-126-8 - Taschenbuch

Weitere Ausgaben:
ISBN: 978-3-96074-125-1 - Hardcover

www.ingramcontent.com/pod-product-compliance
Lightning Source LLC
LaVergne TN
LVHW071703180726
843512LV00002B/529